Luigi Malerba

I neologissimi

I Quaderni dell'Oplepo

N° 1

 http://www.inriga.it

 info@inriga.it

 https://it-it.facebook.com/inrigaedizioni/

 https://twitter.com/inrigaedizioni

 https://www.linkedin.com/company/in-riga-edizioni-e-literary-agency

Già la parola 'neologissimo' è un neologissimo. Cos'è un neologissimo? Beh, è un neologismo (con una S sonora) moltiplicato per due, in modo che la S diventi sorda, e somigli al *ssst!* di *silenzio!*, perché bisogna fare silenzio di fronte a una parola che nasce, appena inventata, ancora calda come un uovo di gallina, non entrata nell'uso, anzi, che probabilmente non entrerà mai; ma (ecco cos'è un neologissimo) che sarebbe bello ci fosse, ben accolta e onorata dentro la lingua. Perché il neologissimo è una felice invenzione che fa sorridere per la giustezza geniale della parola. Mentre i neologismi con un'esse sola quasi sempre irritano le persone perbene, che maledicono le nuove parole di moda quando entrano transitoriamente nella lingua come merci taroccate, di plastica, sgargianti e false, che si guastano subito e se ne vanno, per fortuna, dicono tutti.

I neologissimi che restano sono rarissimi. Ne ha fatti D'Annunzio (*velivolo*, ad esempio, in cui traspare anche qualcosa di dannunziano). Invece di neologismi siamo pieni; non faccio esempi per non indisporre; qualcuno (Maurizio Garuti) li ha chiamati "lingua neolatrina", per dire quanto li amiamo. Malerba, invece, quando neologizza produce una gran contentezza in tutti noi; tanto che, sull'esempio di Malerba, alcuni suoi ammiratori hanno continuato il suo bel gioco. Ne voglio riportare qualcuno particolarmente riuscito (ma che non vivrà oltre questa pagina, i neologissimi sono nascenze fugaci, ci vorrebbe uno Stato di polizia per imporli già a scuola ai bambini, ma uno Stato di polizia ha altri aspetti negativi – ad esempio la presenza della polizia a scuola, in famiglia, nei salotti, nei conversari fra amanti, ovunque si parli – che superano di molto gli ipotetici vantaggi linguistici). Ecco.

Pistonta. Arma di piccolo calibro con qualche difetto di fabbrica. Esempio. "Estrasse la pistonta e perse l'uso del braccio" (Mario Valentini).

Inverecanto. Melodia smodata che si esegue per offendere qualcuno. "Sentì un inverecanto provenire dal letto della consorte, al che prese il cappotto e se ne uscì in piena notte a cercare almeno un tabaccaio" (Paolo Albani).

Spompettato. Atteggiamento fisico e psichico di chi è stato potente e non lo è più, ad esempio essendo morto. "Il presidente del consiglio se ne stava tutto spompettato e dimesso di fronte a San Pietro e agli altri santi nel regno dei Cieli" (Ero Zzoni).

Canaglino. Persona che vorrebbe essere abietta e malvagia, però non ha il coraggio. "Ho appena incontrato quel canaglino di Rossi, ha fatto finta di essere distratto da un tafano" (Paolo Nori).

Tignella. Rapporto eterosessuale di brevissima durata destinato al solo godimento di lui. "Dài, tesoro, una tignella e poi si dorme. –No!–" (Giovanni Previdi).

C'è una regola per produrre neologissimi? No, non c'è; sono un fatto di ispirazione. Mentre i neologismi è facile farli, grecismi, latinismi, anglicismi, accoppiamenti di radici verbali eccetera, come tutti sanno. Forse per i neologissimi la regola è alzare lo sguardo, sbucare oltre la sfera della lingua corrente e attingere alla nube di Oort, serbatoio delle comete.

Ermanno Cavazzoni

I neologissimi

di LUIGI MALERBA

Ammalùcco. Può sostituire mammalucco (e mammelucco) facendo cadere finalmente alcune etimologie del tutto false (mammalucco da mamma, mammelucco da mammella). Così rinnovata, questa parola ingiustamente caduta in disuso può riprendere corso sia nella pratica letteraria che nella lingua parlata.

Andreòtto. Non deriva da Andrea come potrebbe apparire, ma direttamente dal greco *andros,* uomo, con il suffissoide in-otto che ne ingentilisce il suono. Questo suffissoide è un trucco. In realtà l'andreotto è un essere pericolosissimo che si nasconde dietro un aspetto mite e un nome gentile. Molti cadono nella trappola e sono pronti ad accreditarne la sensibilità e l'intelligenza e a lodarne perfino il talento letterario. L'unica qualità che non si può negare all'andreotto è la straordinaria furbizia (vedi Lietta Tornabuoni, *Corriere della sera* del 17 luglio 1976). L'andreotto riconosce a vista i suoi simili, è esclusivo nei suoi rapporti, si riunisce con i confratelli preferibilmente in Svizzera o in sontuose ville sulla costa francese per dedicarsi a gare di rumori corporali, scommettendo somme vertiginose. Da usare con qualche cautela al plurale.

Bàbba. Da usare al posto di mamma. Il babbo e la babba. L'altra soluzione sarebbe: la mamma e il mammo. La

I *Neologissimi* di Luigi Malerba, qui editati per gentile concessione degli eredi di Luigi Malerba, sono usciti, in ordine cronologico, sulle riviste "il Caffè", 2, 1977, pp. 9-12; "Linus", 5, 1978, pp. 99-101 e 10, 1978, pp. 56-58; "Il Cavallo di Troia", 1, inverno 1981, pp. 29-31.

La loro prima pubblicazione, quella apparsa su "il Caffè", la rivista di letteratura comica e grottesca fondata e diretta da Giambattista Vicari, avviene sotto l'ègida dell' "Istituto di Protesi Letteraria", un'«accademia patafisica» anticipatrice dell'Oplepo.

Ammalùcco.
Può sostituire mammalucco (e mammelucco) facendo cadere finalmente alcune etimologie del tutto false (mammalucco da mamma, mammelucco da mammella). Così rinnovata, questa parola ingiustamente caduta in disuso può riprendere corso sia nella pratica letteraria che nella lingua parlata.

Andreòtto.
Non deriva da Andrea come potrebbe apparire, ma direttamente dal greco *andros*, uomo, con il suffissoide in -otto che ne ingentilisce il suono. Questo suffissoide è un trucco. In realtà l'andreotto è un essere pericolosissimo che si nasconde dietro un aspetto mite e un nome gentile. Molti cadono nella trappola e sono pronti ad accreditarne la sensibilità e l'intelligenza e a lodarne perfino il talento letterario. L'unica qualità che non si può negare all'andreotto è la straordinaria furbizia (vedi Lietta Tornabuoni, *Corriere della sera* del 17 luglio 1976). L'andreotto riconosce a vista i suoi simili, è esclusivo nei suoi rapporti, si riunisce con i confratelli preferibilmente in Svizzera o in sontuose ville sulla costa francese per dedicarsi a gare di rumori corporali, scommettendo somme vertiginose. Da usare con qualche cautela al plurale.

Bàbba.
Da usare al posto di mamma. Il babbo e la babba. L'altra soluzione sarebbe: la mamma e il mammo. La scelta è tutt'altro che frivola, ha una sua rilevanza politica.

Bisàglia.
Da *bisi* che in dialetto veneto significa piselli. Robetta, minutaglia, avanzi, tritume di granaglie e quindi, per estensione: porcheria, cazzata, coglionata, ma anche truffa, imbroglio, colpo basso. Rime raccomandate: accozzaglia, brodaglia, canaglia, cianfrusaglia, frattaglia, marmaglia, sterpaglia.

Bugiàdro.

Bugiardo, associato all'idea di ladro. È bugiadro chi con la bugia nasconde alcunché di delittuoso come furto, rapina, eccetera. Sono bugiadri i grandi evasori fiscali e i ministri italiani nel momento in cui mentiscono per nascondere le loro malefatte.

Canchiovàri.

Da cane e chiovare o chiodare o inchiodare. Sono cani che quando mordono si inchiodano sul morso, cioè non aprono più la mascella e i denti restano infissi come chiodi. Si dice, in senso figurato, di coloro che quando acchiappano una cosa o una persona non la mollano più. «Certa gente bisogna fuggirla precipitosamente, e scappar via più che di galoppo» (Teofrasto, *I caratteri*, traduzione di Idelfonso Nieri).

Cosmicòmico.

Attributo da usare con discrezione, in occasioni che abbiano qualche attinenza con l'ottusa e un pò ridicola infinità del mondo. Non è necessario citare ogni volta la fonte, che si dà per nota (*Le cosmicomiche* di Italo Calvino).

Lìmpio.

Si può usare al posto di limpido con il vantaggio di eliminare la «d», completamente inutile.

Lòcica.

Non è la logica pura, ma la logica fisica nella sua totalità e tetraggine. «Una delle conseguenze delle mie nuove idee sarà, penso. che la totalità della Logica segue da un'unica Pp! Per ora non so dirne di più» (Dalle lettere di Ludwig Wittgenstein a Bertrand Russell in *Tractatus logico-philosophicus*).

Merdàstro.

Colore di non facile definizione, comunque tra il verde marcio e il terra di Siena bruciato, con qualche tendenza al giallo-uovo. Hanno facce color merdastro i ministri italiani petroliferi e aerotangenti (altrimenti detti anche «facce di merda»).

Motònomi.
Si distinguono dagli autonomi soltanto per un dato esteriore: mentre gli autonomi si spostano in automobile, i motonomi viaggiano in motocicletta.

Mummìfero.
Animale che sta fra la mummia e il mammifero. Mummifero si può usare sia come sostantivo che come aggettivo e si adatta perfettamente a definire le autorità governative italiane di secondo piano, disoneste e sonnolente. È inadeguato se riferito a ministri, presidenti, generali, alti magistrati disonesti, che in genere sono attivissimi nel procaccio dell'utile personale.

Neologìssimi.
Sono le parole novissime registrate in questo vocabolarietto e che non appaiono in altri luoghi letterari. Alcune sono già pronte per l'uso, altre sono di uso ancora incerto e in attesa di un adeguato collaudo.

Novàlio.
Metallo purissimo e finissimo (di cui pare sia composto Dio secondo Novalis, da cui prende il nome. «Dio è di metallo infinitamente puro; il più corporeo e il più pesante di tutti gli esseri. L'ossidazione proviene dal diavolo» (Novalis, *Frammenti*). Non si tratta evidentemente né di oro né di acciaio inossidabile, ma appunto di novalio che, per quanto puro, non resiste alla ossidazione diabolica.

Personàccio.
Cattivo protagonista di eventi storici. I libri di storia ne sono pieni. Stalin per esempio è un personaccio, mentre Lenin è un personaggio. Scendendo molto più in basso,

Crispi è un personaccio, mentre Giolitti è un personaggio. Gronchi, Segni, Saragat, Leone non sono né personaggi né personacci, sono soltanto nomi da dimenticare.

Prestinènte.
Da prestante e astinente. Sono prestanti e astinenti i campioni sportivi in periodo di «ritiro» e allenamento. Sono prestinenti gli uomini specialmente dediti alle cure del corpo, alla fisica esteriorità, senza che corrisponda una pari efficienza sexuale. La prestinenza è caratteristica degli uomini piuttosto che delle donne. L'uomo prestinente è una via di mezzo tra il fusto e il bellimbusto, ambedue fuori corso da anni.

Percostèrcolon.
Parola di significato ancora incerto, che presenta qualche difficoltà nell'uso. Resta comunque circoscritta nel campo semantico dello sterco di pecora e quindi può proporsi (per associazione e allitterazione) come forma plurima della figura retorica denominata isocolo. L'isocolo consta di almeno due membri nella sua forma più semplice, prende il nome di tricolon quando è composto di tre membri, di tetracolon quando è composto di quattro. Percostercolon sarebbe quindi da usare per i casi in cui i membri sono in numero superiore a quattro. Una variante può essere porcostercolon, con riferimento al porco invece che alla pecora.

Pseudogàdda.
Adottato per la prima volta da Giambattista Vicari a proposito di un testo autentico, ma non firmato, di Carlo Emilio Gadda (autenticato da Gian Carlo Roscioni) pubblicato su *il Caffè* n. 1 del 1969. Si può usare anche, in modo ancora più pertinente, per quegli imitatori del gran lombardo che hanno sempre evitato con cura di citare il loro modello.

Referònte.
Nel noto triangolo semiologico di Ogden e Richards il referonte potrebbe distinguersi dal referente in quanto rap-

presenterebbe, nella seconda classifica proposta dagli stessi autori, soltanto la categoria dei *denotata*, mentre il referente resterebbe disponibile per la categoria dei *designata*, o viceversa. Con l'adozione del referente questa seconda classifica diventerebbe inutile. Si segnalano le rime con camaleonte, bisonte, rinoceronte.

Scemiologia.
Scienza generale degli scemi, da non confondere con la semiologia, scienza generale dei segni.

Sberilingòtto.
Berlingozzo è una ciambella rustica. Berlingotto non esiste. Sberlingotto aggiunge l'idea di sberla a una ciambella inesistente. Da usare preferibilmente al plurale per designare persone malnate e manesche, che procurano fastidio e confusione. Uno sberlingotto abbandonato a se stesso può fare guasti irreparabili, eppure se ne trovano insediati in posti di responsabilità, nei ministeri, nei vertici delle banche e perfino nelle centrali elettriche.

Sporcacchiòne.
Da sporchizia, ma con in più la componente cacchio-cacchione-cazzone. Uno sporcacchione non è soltanto sporco, è anche coglione.

Tetràgno.
È più di tetro, vi aggiunge qualcosa di fisico, di greve, di volgare. Tetro è la definizione di uno stato mentale o di una disposizione psicologica. Tetragno definisce, dell'uomo tetro, anche l'aspetto figurale esteriore.

Tracàgno.
Come tracagnotto, ma senza quel tanto di buffo che è compreso in questa parola. Tracagno si può usare con vantaggio pratico perché, rispetto a tracagnotto, elimina tre lettere nella composizione tipografica e permette quindi un rispar-

mio anche sulla stampa e sulla carta. Per il *Dizionario Bompiani delle Opere e dei Personaggi* l'uso di «à» al posto di «ha» e di «ànno» al posto di «hanno» ha permesso notevoli risparmi all'editore. Tracagno si iscrive di diritto nell'area della «letteratura del risparmio» teorizzata da Angelo Guglielmi.

Vaffancàrlo.
Imprecazione composita con suffisso variabile (vaffan-giulio, vaffan-giorgio, eccetera). Il messaggio acquista efficacia con l'identificazione del destinatario.

Zùrlo.
Uccello simile al merlo sia come forma che come dimensione. Si distingue da questo per il becco che ha rosso porpora anziché giallo. È rarissimo, non si trova registrato né sulle enciclopedie né sui manuali di ornitologia. Nessun cacciatore è mai riuscito ad avvicinarlo. Caratteristica dello zurlo è infatti quella di tenersi a prudente distanza dall'uomo per il quale nutre una innata diffidenza. Si può usare per fare paragoni o per designare in modo figurato una persona sciocca quando non si voglia utilizzare il merlo, uccello troppo comune e risaputo.

il Caffè, 2, 1977, pp. 9-12.

Anima.
Parola di significato volatile caduta quasi totalmente in disuso. Su questa parola gravano le antiche ipoteche dei Padri della Chiesa e quelle più recenti di Carl G. Jung (la distinzione fra anima e animus). Se ne può riproporre l'uso ricordando, a chi abbia ripugnanza per i puri spiriti, quanto riferisce Macrobio: «Secondo Parmenide l'anima è fatta di terra e di fuoco».

Asvovsa.
Esempio di parola astratta e simmetrica assolutamente priva di significato. Se ne possono comporre a volontà anche se, allo stato attuale della letteratura, queste parole non hanno alcuna possibilità di utilizzazione. L'uso delle parole astratte (simmetriche o asimmetriche) potrebbe avere per la scrittura la stessa importanza che ha avuto l'astrattismo per la pittura. «Solo nella voluttà della creazione linguistica il caos diventa mondo» (Karl Kraus, *Detti e contraddetti*). Le parole astratte (e simmetriche) sono pura forma, ritmo (e geometria), sono l'assoluto oggettivo del linguaggio. Si distinguono dal palindromo o bifronte (vedi Giampaolo Dossena, *il Caffè*, n. 1, 1977) per il loro totale vuoto semantico ma anche per la loro totale disponibilità. Le parole astratte e simmetriche possono essere pure o impure a seconda che vengono utilizzate, per la loro composizione, lettere simmetriche (come o, v, x, w, H, A, I, T eccetera) oppure asimmetriche (come r, h, g, a, C, K, D, L eccetera).

Baiàffa.
In alcuni gerghi della malavita vale pistola, revolver. Come neologissimo invece definisce la risata sinistra del malfattore, del boia. Ma non tutti i malfattori, non tutti i boia sono in grado di fare una baiaffa. Ricordate la risata di Richard Widmark? È una baiaffa esemplare, un modello. Solo Kissinger ha raggiunto la stessa perfezione. Da noi solo Gioia, Henke, Andreotti e Gava si sono avvicinati ai grandi modelli.

Bislùcco.
Non ha niente a che vedere con bislacco. Bislucco non è bizzarro, stravagante (bislacco), ma doppiamente allocco (da bis-locco, allocco). Un'altra etimologia possibile potrebbe fare riferimento al latino *bis-luscus*, guercio da ambedue gli occhi e, in senso figurato, scimunito senza rimedio.

Culòmbo.
L'associazione non è fra culo e lombo come può apparire a prima vista, ma fra culo e colombo. Come hanno rivelato studi recenti, il colombo, che viene assunto tradizionalmente come simbolo di pace, è un animale crudele, non esente da deviazioni sessuali. Culombo è quindi un neologissimo adatto a definire personaggi che non si fanno scrupolo di mescolare gli interessi di culo a quelli politico-pecuniari. Caratteristica dei culombi è la «lagna», cioè quella disposizione dolciastra della voce e dei gesti, quella leziosaggine e effeminatezza che fanno da schermo alle loro speculazioni finanziarie che raggiungono spesso vertici altissimi. Il culombo gode di protezioni e omertà internazionali soprattutto nell'ambito della minoranza cui appartiene.

Fanfanòide.
Figura geometrica solida irregolare. Con il marmo o i metalli si possono fabbricare in forma di fanfanoide oggetti completamente inutili. La forma sgraziata e sbiega ne sconsiglia l'uso anche come soprammobile. Fabbricato un fanfanoide non resta altro che gettarlo nella spazzatura.

H!
Interiezione polivalente allo stato puro. Si può usare sia in luogo di ah! che di eh! ih! oh! uh! e può esprimere sia stupore che ira, ammirazione, paura, gioia, noia, dolore, ripugnanza, allegria eccetera.

H! è visivamente molto efficace anche se può procurare qualche disturbo nella pronuncia. In contesti particolari, la somiglianza con la «H» della bomba può imprimere a questa interiezione una forza semantica dirompente. In qualche caso si può rinforzare il valore interiettivo con l'aggiunta di altre h a seconda delle necessità e delle circostanze: Hh! Hhh! Hhhh! Hhhhh!

Kssgr!

Concentrato consonantico esclamativo che equivale a «merda!» o simili. Il campo semantico di kssgr! è piuttosto ampio e comprende la presunzione, la delinquenza politica, l'ambizione sfrenata, lo snobismo piccolo-borghese, l'abiezione morale, l'avidità di potere, la mafia, la stupidità saccente, la Cia, il servilismo al potere economico, la vanità pubblicitaria, il maschilismo deteriore, il bluff. Kssgr! si usa riferire a personaggi che hanno raggiunto successo multinazionale (è un kssgr! è una merda!) ma si può usare enfaticamente anche per personaggi e situazioni di portata più modesta, nell'ambito italiano.

Mìlitiv.

In gergo: bottiglia di grappa sopra i 60 gradi, distillata clandestinamente. È noto che in Italia non possono essere messe in vendita bevande alcoliche sopra i 60 gradi, perciò la bottiglia militiv è proibita dalla legge che si preoccupa della salute dei cittadini. La polizia arresta chiunque ne sia trovato in possesso, per proteggere anche la salute dei poliziotti. Gli spacciatori e i consumatori usano chiamarla in gergo volta a volta: militiv, malatav, meletev, mulutuv o molotov (la v finale va sempre pronunciata come f).

Pedonàuta.

Se si può dar credito a Gaio Fratini (*La luna in parlamento*, Roma 1973), il neologissimo è stato coniato da un parroco abruzzese presente a un raduno di giovani cattolici a Firenze nel 1972. In quella occasione vennero definiti pedonauti, i giovani marciatori a piedi impegnati in una marcia di 18 chilometri. Questa va intesa perciò come la distanza minima che bisogna percorrere per avere diritto a fregiarsi dell'appellativo di pedonauta (ma bisogna accertarsi se occorre essere anche giovani cattolici).

Petrillare.
Ridurre a pezzi, frantumare (dal provenzale antico «petrillo», spaccapietre) e, per estensione, distruggere avendo l'aria di costruire. Usato in senso figurato, petrillare è un esercizio al quale hanno dedicato molta energia e competenza gli amministratori delle grandi aziende a partecipazione statale nell'ultimo trentennio. Il petrillatore (o petrillo) è un personaggio di notevole abilità che riesce a distruggere anche le acciaierie senza uscirne scalfito, riesce a far scomparire migliaia di miliardi senza lasciare traccia. Il petrillo (o petrillatore) conta assai più di un ministro. I ministri infatti cambiano ad ogni legislatura mentre il petrillo può rimanere saldo sulla propria poltrona per decenni. Il petrillo spesso decide la nomina dei ministri, che poi comanda, paga e maltratta. Nel tempo libero il petrillo tiene conferenze nelle università sulla difficile arte di petrillare ed esige applausi e lodi scritte. Se viene colto con le mani nel sacco, i malcapitati che lo hanno scoperto possono fare una brutta fine perché il petrillo è vendicativo e ha dei sicari al suo servizio. Molti sostengono che occorre intelligenza per riuscire come petrilli, ma altri giurano che i petrilll sono tutti teste di cazzo. La controversia non è di facile soluzione a causa della ambiguità e riservatezza che caratterizza questi personaggi.

Linus, 5, 1978, pp. 99-101.

Bèrla.
Sberla simbolica. Senza la *s*, sberla perde ogni efficacia
fisica, ma acquista forza simbolica. Si propone una serie
parallela di neologissimi simbolici ottenuti con lo stesso
artificio: chiaffo (schiaffo), gambetto (sgambetto), tronzo
(stronzo), culacciata (sculacciata), pintone (spintone)
eccetera.

Bùcio.
Invece di buco. È più profondo, più intimo, più umido e
caldo. In un bucio si può sprofondare con voluttà, mentre
in un buco si penetra sapendo che se ne può uscire quando
si vuole conservando la propria coscienza e lucidità. Bucio
è discretamente malfamato, si esita a parlarne in pubblico.
Fa rima con brucio, più difficilmente con Confucio.

Dimenticchiare.
È dimenticare con allegria, con leggerezza. Si può dimenticchiare l'ombrello, il motivo di una canzone, il titolo di
un film, l'onomastico della fidanzata, il guinzaglio del
gatto. Il chirurgo non può dimenticchiare il bisturi nella
pancia del paziente, sarebbe ancora peggio che dimenti-
carlo. I personaggi dei libri di Arbasino possono dimenticchiare tutto, il destino di quelli di Cassola invece è di essere
dimenticchiati. Dimenticchiare fa parte della famiglia dei
dormicchiare, canticchiare, leggiucchiare, sonnecchiare,
eccetera.

Entìn.
Utile abbreviazione per «ente inutile». È noto che gli enti
inutili in Italia si contano a decine di migliaia, ma pochi
sanno che il primo a proporre un ente inutile è stato Tom-
maso d'Aquino con un opuscolo intitolato *De ente et es-
sentia*, testo di ardua lettura al quale tuttavia si deve risalire
per una ispezione sulle origini di questo fenomeno tipica-
mente italiano.

Fenìculo.
Nel *Regimen sanitatis salernitanum* si incontra una sentenza che collega il culo al finocchio (ai semi di finocchio) e che quindi può essere all'origine dell'uso figurato che si fa oggi della parola finocchio (ma qui si propone come neologissimo il latineggiante *feniculo*) per designare ironicamente un omosessuale. Dice dunque la sentenza salernitana: «Semen foeniculi fugai spiracula culi», i semi di finocchio aiutano a espellere aria dal culo. Nessuno fra i commentatori di quel testo prezioso ci dice se ci fu malizia da parte degli anonimi frati nel compilare una sentenza così ricca di assonanze sospette: «foeni-culi», «spira-cula».

Lùco.
Con questa parola si indica una localìzzazione incerta, applicando abusivamente il principio di indeterminazione di Heinsenberg alla fisica comune e nell'ambito della normale percezione ingenua. Luco è il luogo dell'incertezza e, in letteratura, può essere il luogo della memoria (Proust) o quello della proiezione futura (i grandi utopisti da Moro a Campanella a Fourier a Marx). Il luco è il luogo non-presente, proiettato nel futuro o perduto nel passato. Fissare e descrivere un luco in tutti i suoi particolari con precisione e verosimiglianza è il massimo risultato della finzione, cioè dell'arte dell'invenzione, della fantasia.

Nxn!
Esclamazione da ascrivere allo stesso campo semantico di *Kssngr!* con in più la piagnoneria, la coccodrillaggine, l'ottusità patetica che ne abbassano di qualche grado l'efficacia.

Porcoleòne.
Animale verbale che sta tra il porco e il leone. Per fortuna ha rari corrispettivi nella realtà, ma quei pochi sono dannosissimi perché uniscono la voracità del porco alla ferocia del leone. Oltre alle zanne del porco e alle unghie del leone,

il porcoleone ha anche le corna. Quando ascende agli alti gradi della politica o della amministrazione il porcoleone teme gli attentati e perciò si fa proteggere anche dalla cosiddetta «guardia del porco».

Sbìfo.

Sbiffone è il folletto medievale, lo spiritello dispettoso che si introduce di notte nelle case e tira giù la coperta dal letto o fa il solletico sotto i piedi ai dormienti. Sbifo è un personaggio disturbatore diurno e notturno, autore di piccole e fastidiose contestazioni, che cerca di farsi pubblicità senza correre rischi, un ribelle di seconda mano, un imitatore, un piccolo profittatore. Spesso ha un brutto romanzo nel cassetto, già rifiutato da tutti gli editori tradizionali e che ora tenta di piazzare presso le editrici alternative. L'appartenenza a un campo politico piuttosto che a un altro non ha molta importanza per lo sbifo dal momento che non insegue ideali politici ma tornaconti personali.

Sgnùcco.

Come «smacco», ma meno plateale. In qualche caso il neologissimo si propone come semplice sinonimo e sarà chi lo usa a imprimergli quelle sottili caratteristiche che lo distingueranno dal fratello gemello più anziano. In qualche caso i sinonimi sono perfettamente simmetrici come significato e la scelta avverrà, da parte dell'utente, secondo simpatia.

Trampellare.

Camminare saltellando. Si trampella sui sassi che affiorano dall'acqua di un torrente, si trampella scalzi sulla sabbia bollente. I sapienti della Roma antica consigliavano di trampellare sul brecciolino tagliente per temprare il carattere, ma in realtà tempravano soltanto la pelle della pianta dei piedi. Il protagonista de *L'empio Enea* di Giuliano Gramigna, a differenza degli antichi romani, trampella sulle strisce pedonali.

Trèpi.

Il mozzicone di sigaretta ha un nome (cicca) mentre il mozzicone di fiammifero ne è inspiegabilmente privo. Eppure per ogni mozzicone di sigaretta si produce almeno un mozzicone di fiammifero e, per tenere acceso il sigaro o la pipa, se ne producono più di uno. Senza scendere nelle distinzioni tra mozzicone di fiammiferi, cerini, svedesi o minerva, peraltro assai differenti l'uno dall'altro, può essere sufficiente un unico neologissimo per definirli in blocco. Trepi è l'anagramma del cognome di un ex-ministro petrolifero italiano che, per la statura fisica e morale, richiama appunto alla memoria l'immagine di un mozzicone di fiammifero.

Trimarchi.

Può far comodo avere a disposizione il nome di un artista che nessuno conosce, da citare al momento opportuno per rinforzare un nostro discorso. È noto come le citazioni più convincenti siano quelle di artisti che si conoscono poco o non si conoscono affatto (è naturale perché ci si immagina che siano come fa comodo a noi). Risulteranno ancora più convincenti le citazioni di artisti che non sono mai esistiti. Si tratta solo di avere a disposizione qualche nome già «assimilato» e sufficientemente verosimile. Meglio ancora se il nome è un po' buffo perché nessuno oserà pensare che sia inventato, come non sono inventati Balla, Matta, Riopelle, Rotella, eccetera.

Trùco.

Non sostituisce trucco, ma ne modifica il significato, lo appesantisce, vi aggiunge qualcosa di pericoloso, di losco. La pratica governativa e amministrativa è il grande campo di applicazione dei trucchi e dei truchi. Distinguere i personaggi che si muovono nell'area del trucco da quelli che si muovono nell'area del truco è essenziale per penetrare i misteri della tipologia politica italiana. La prima ha come caratteristica dominante la cialtroneria, il napoletanismo deteriore: l'imbroglio può essere colossale, ma è sempre anche ridicolo. La categoria del truco è soltanto delittuosa, agisce al coperto della omertà e del ricatto come la mafia e perciò è più difficile da smascherare.

Uco.
Nell'indice dei nomi in fondo al trattato di *Retorica generale* a cura del Gruppo μ (traduzione italiana, Bompiani 1976) figura un certo U. Uco, autore di un libro su *Le poetiche di Joyce* che fino a oggi era attribuito a Umberto Eco. Errore di stampa? Mimetismo dello scrittore alessandrino? In realtà ogni autore che si rispetti dovrebbe avere a disposizione un duplicato di se stesso, perfettamente simmetrico, discretamente autonomo, il quale non risponde alle lettere, non risponde al telefono e non risponde nemmeno di se stesso. Con la semplice variazione della lettera iniziale, il duplicato procura all'originale anche il vantaggio di trovarsi inserito due volte nelle bibliografie compilate secondo l'ordine alfabetico.

Linus, 10, 1978, pp. 56-58.

AA.
Prevaricazione a pagamento in uso nei piccoli annunci economici dei giornali. Può servire anche come abbreviazione per Alberto Arbasino e per Australopithecus Africanus, il cattivissimo progenitore dell'uomo secondo Raymond A. Dart.

Bacchiòne.
È un tale che si sforza di apparire rivoluzionario perché pensa di potere in questo modo coprire o giustificare la propria ignavia e asocialità ma soprattutto la fondamentale mediocrità. Il bacchione è un rifiutato che riesce a far credere di essere lui a rifiutare gli altri, è insomma un fur-bacchione, ma etimologicamente deriva piuttosto dai bacchioniti che erano, come racconta Diderot in una voce a essi dedicata nella grande *Enciclopedia*, "filosofi animati da un così universale disprezzo per le cose di questo mondo, che si erano liberati di ogni possesso tenendo per sé solo un recipiente per bere; e anzi si narra che uno di loro, avendo scorto nei campi un pastore che attingeva acqua a un ruscello nel cavo delle mani, gettò lontano la tazza come oggetto ingombrante e superfluo". I bacchioni che circolano nelle nostre città non sono filosofi, ma hanno degli antichi bacchioniti lo stesso disprezzo per le cose di questo basso mondo, soprattutto per quelle che appartengono ai loro simili. Usano infatti manifestare la loro fede rivoluzionaria tagliando le poltrone dei cinematografi, scalfendo con un chiodo la vernice delle automobili in sosta lungo le strade cittadine, mutilando le statue antiche nei parchi pubblici, tirando sassate ai lampioni della illuminazione stradale. L'ideale del bacchione è di prendere a martellate *La Pietà* di Michelangelo. Come gli antichi filosofi i bacchioni non posseggono nessun recipiente per bere. Quando hanno sete si recano al bar.

Dif, diff, difff.
Abbreviazioni che servono a stabilire all'interno di un discorso i diversi ordini di differenze. È evidente infatti che la *difff* che corre tra le parole crociate e la Tour Eiffel è di un

ordine diverso dalla *diff* che corre tra il Monte Bianco e la Pianura Padana e che questa a sua volta è di un ordine ancora diverso dalla *dif* che corre tra la zuppa e il pan bagnato.

Editùng.
A differenza dell'*editing*, e cioè delle operazioni che i redattori di una casa editrice eseguono su un testo prima della pubblicazione, l'editung comprende le operazioni che lo scrittore compie direttamente sulla testa dei redattori prima che questi mettano le mani sul suo testo. È una pratica ancora poco usata, ma destinata ad avere notevoli sviluppi nel futuro.

Invisibìlio.
Si può andare in visibilio per qualcosa, ma anche in invisibilio quando il soggetto nasconde il proprio entusiasmo, cioè lo rende invisibile ai terzi. L'invisibilio si produce nell'ambito delle supposizioni perché, oltre che invisibile, è indimostrabile. È un comportamento delle persone di natura subdola e infida.

Minòccia o **minòcchia**.
Definisce l'insieme degli atteggiamenti e delle espressioni fintamente minchione di chi viene colto con le mani nel sacco e tenta di apparire un ingenuo innocente. Minoccia (o minocchia) è la burocrazia parassitaria romana furba ladra e cialtrona. Bisogna resistere alla tentazione di riferirsi a chicchessia chiamandolo "figlio di una minoccia (o minocchia)" perché la locuzione sarebbe del tutto priva di senso.

Prolòquio.
Neologismo a doppio uso. Può definire sia un prologo che somiglia a uno sproloquio che uno sproloquio che somiglia a un prologo.

Spasseggiare.
Passeggiare con divertimento, cioè includendo nel passeggio anche lo spasso. Una passeggiata solitaria in un bosco difficilmente potrà essere una spasseggiata. La spasseggiata comprende lo scherzo e lo scherno, lo sgambetto e la rincorsa, il vetro rotto e il pesce d'aprile, l'anacoluto e la rima baciata, il crudo e il cotto, la scopata e l'inculata, la pizza e il gelato da passeggio che in questo caso diventa il gelato da spasseggio.

Strugare.
Darsi da fare nel mondo delle lettere. Strugatore è l'arrampicatore (o l'arrampicatrice) letterario italiano, velleitario perché per la verità da noi non ci sono montagne letterarie su cui arrampicarsi, ma soltanto modeste colline. Lo strugatore o la strugatrice incominciano la carriera entrando a far parte del Club dell'Altroieri (detto anche dei Nemici del Sabato), società del tutto irresponsabile presieduta da una anziana signora e da altre vipere villane. Gli strugatori più fortunati vengono promossi a simbolo pubblicitario di un liquore dolciastro (Lo Struga), appiccicoso e nauseante come gli scrittori scelti per le sue campagne promozionali. Non è ben chiaro tuttavia se sono gli scrittori a fare pubblicità al liquore o il liquore agli scrittori, ma probabilmente l'effetto è nullo da ambo le parti.

Tassso.
Le tre *s* servono a distinguerlo dall'animale, dall'albero, dal poeta. Escludendo un quarto tasso di uso specialistico (tasso di sconto), tassso dovrebbe inaugurare i neologissimi a significato composto (appunto un conglomerato semantico di: animale tasso, albero tasso, poeta Tasso). L'unificazione dei tre elementi eterogenei crea un intralcio nella lettura, esige da parte del lettore uno sforzo di collaborazione e di solidarietà con il testo. Messo sull'avviso delle

tre *s*, il lettore si sforza di risolvere l'enigma, oppure lo rifiuta: spesso i neologissimi compositi sono causa di dispiaceri per il lettore tradizionale.

Tùlpa.

Può sostituire "fica" quando si vogliano evitare i rischi della censura. Tulpa non deriva da talpa, alla quale tuttavia si richiama per somiglianza verbale e fisica (la talpa ha un pelo morbido al tatto e, anche come dimensioni, può ricordare il sesso femminile). Tulpa in realtà non è un neologissimo originale in quanto esiste già nella lingua tibetana per designare un fantasma obiettivo prodotto dalla concentrazione del pensiero. In questa direzione tulpa può designare anche il fantasma obiettivo del sesso femminile prodotto dalla immaginazione maschile.

Tuttòlogo.

Neologissimo già usato da Ruggero Guarini per definire quei pubblicisti che sono soliti intervenire su qualsiasi argomento, in qualsiasi momento, sempre con competenza e tempestività. I tuttologhi sono i Colombo e i Magellano della carta stampata, quotidiana o settimanale, grandi navigatori nell'incerto tutto.

Usta.

Neologissimo utile soprattutto per coniare frasi esclamative. Che usta! equivale a: Che noia! Che fastidio! Mi è venuto in usta, cioè in uggia o a noia. Da usta si può ricavare un aggettivo, ustoso, e il verbo transitivo ustare che vale annoiare, rompere le palle.

Il Cavallo di Troia, 1, inverno 1981, pp. 29-31.

per scrivere nuovi neologissimi